AF404931

L'AMOUR

AU VILLAGE,

OPERA-COMIQUE

EN UN ACTE,

ET EN VAUDEVILLES;

Repréſenté pour la premiere fois ſur le Théâtre du Fauxbourg S. Germain, le 3 Février 1745.

NOUVELLE ÉDITION.

Le prix eſt de 24 ſols avec la Muſique.

A PARIS,

Chez DUCHESNE, Libraire, rue Saint-Jacques, au-deſſous de la Fontaine Saint Benoît, au Temple du Goût.

Avec Approbation & Privilége du Roi.
M. DCC. LXII.

ACTEURS.

L'AMOUR.

LE BAILLI.

LA BAILLIVE.

AGATHE.

LISETTE.

LUCAS, *Amant de Lisette.*

GUILLOT, *Amant d'Agathe.*

La Scene est dans un Village.

L'AMOUR
AU VILLAGE,
OPERA-COMIQUE.

SCENE PREMIERE.

L'AMOUR, *seul.*

Air : *Le souci jauniſſant.*

A ij

Air : *Tant de valeur.*

Leur tendreſſe eſt bien aſſoupie ;
Mais je vais donner à ces cœurs
La recette pour les langueurs ,
Forte doſe de jalouſie.

Air : *La Bergere de nos hameaux.*

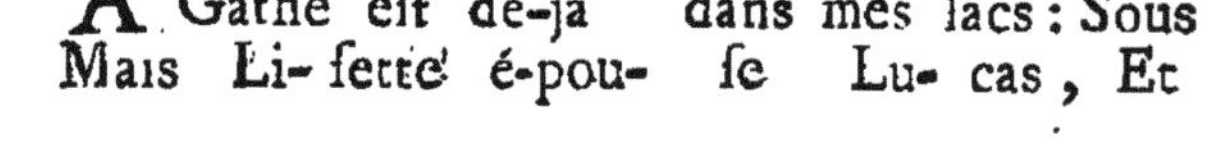

SCENE II.

LISETTE, *seule.*

deur pour moi s'au- to- ri- fe. A tes yeux hé-

las ! N'ai- je plus d'ap- pas ? En ce

jour Fait pour l'a- mour, L'ingrat me laiſ- fe,

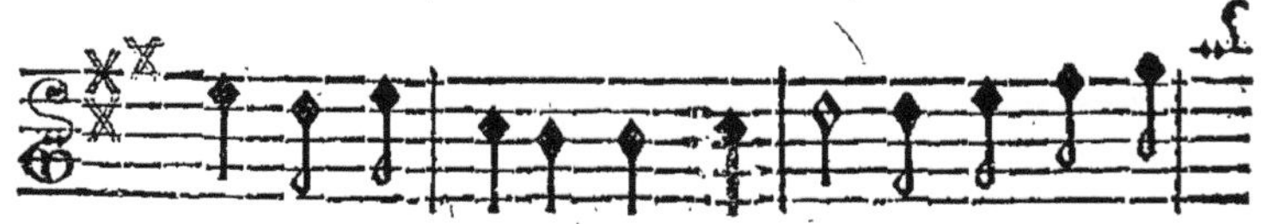
l'ingrat me laiſſe. Ah ! Lu- cas, je perds ta ten-

dreſſe. Eſt- ce à moi D'être i- ci fans

toi ? Eſt- ce à moi D'être i- ci fans toi ?

SCENE III.
L'AMOUR, LISETTE.

Aʜ! LISETTE, *fait un cri de surprise.*

L'AMOUR.

Air : *O gué , lan la , lan lere.*
Calmez , belle Bergere ,
 Votre frayeur :
Parlez-moi , sans myſtere ,
 De votre ardeur.
Quoi ! vous rougiſſez du bonheur
 De votre Vainqueur !
 Quelle eſt votre erreur !
Doit-on , dès qu'on ſait plaire ,
 Garder ſon cœur ?

LISETTE.

Air : *Des Graces , &c.*
Quoi ! vous ſavez donc ma défaite ?

L'AMOUR.

Avant d'en être le témoin ,
En vous voyant rêver ſeulette ,
J'ai penſé qu'Amour n'étoit pas loin.

LISETTE.

Air : *Nous avons pour vous ſatisfaire.*
Deviez-vous ainſi me ſurprendre ?

A iv

L'AMOUR.

Lucas fera donc votre époux ?
Vous l'aimez d'un amour fi tendre,
Que j'envie un fort auffi doux.

LISETTE.

Air : *Nous jouiffons dans nos hameaux.*
Ici vous êtes Étranger.

L'AMOUR.

J'y viens pour voir la fête ;
Pour fa Future un beau Berger
Ce foir, dit-on, l'apprête,
Des Bergeres de ces beaux lieux
On la dit la plus belle ;
Mon cœur, d'accord avec mes yeux,
Vous reconnoît pour elle.

LISETTE, *à part.*

Air : *Je ne fçais ce qu'il me veut dire.*

Que j'ai de plaifir à l'entendre !
Je n'ai rien vû de fi charmant.
Fuyons . . . mais pourquoi me défendre
D'un auffi fimple amufement ?
Écoutons ce qu'il me veut dire ;
Mais d'où vient que mon cœur foupire ?

Air : *Des billets doux.*

N'allez rien dire à mon Futur.
Dès qu'un amant de plaire eft fûr,
Son amour diminue.

Il faut pour se le conserver ,
Avec lui , dit-on , observer
Beaucoup de retenue.

L'AMOUR.

Air : *Je suis un Précepteur.*

Hélas ! vous-même , dès ce soir ,
Et d'une façon bien plus tendre ,
Vous allez lui faire sçavoir
Qu'il n'a rien perdu pour attendre.

Air : *A l'ombre de ce verd bocage.*

Mais je tiens la place trop chere
Qu'un heureux époux doit avoir.

LISETTE.

Puisque ma noce doit se faire ,

(*Tendrement.*)

Berger , venez-y donc ce soir.

L'AMOUR.

L'aspect d'un rival désespere.
Mais j'y serai...

LISETTE, *à part.*

Quel doux espoir !

L'AMOUR.

Ah ! n'est-ce donc rien , ma Bergere ,
Que le plaisir de vous y voir ?

(*Il s'en va.*)

SCENE IV.

LISETTE, *seule.*

Air : *Contre un engagement.*

QUE fens-je en ce moment ?
Je ne fuis plus la même.
Un trouble tout charmant
Me confirme que j'aime.
Mais ô furprife extrême !
Mon cœur a pû changer !
Quoi ! mon bonheur fuprême
Dépend de ce Berger !

SCENE V.

LISETTE, AGATHE.

AGATHE.

Air : *Prenez au Village une maîtreſſe.*

QUELLE fombre humeur,
Chere Lifette !
L'hymen à ton cœur
Feroit il peur ?

Bientôt ta pudeur
Y fera faite.
Tu ne feras pas
Long-tems dans l'embarras.

Air : *Ah ! vraiment je m'y connois bien.*

Ce jour , où tu dois être heureufe ,
Te permet-il d'être rêveufe ?
Dis - moi qu'as - tu ?

LISETTE.

Moi , je n'ai rien.

AGATHE.

Rien ? tu ments ; je m'y connois bien.

Air : *Par bonheur ou par malheur.*

Par bonheur , ou par malheur ,
Aurois-tu vû , mon cher cœur,
Certain Berger ? ah ! friponne ,
Tu rougis. Je m'apperçoi ,
(*A part.*)
Qu'il a fait fur fa perfonne
Le même effet que fur moi.

LISETTE.

Air : *Je fommeille.*

Hélas !

AGATHE.

Ton cœur me met au fait.
C'eft pour ce Berger fi bien fait
Qu'il foupire.

LISETTE.

Hélas ! Je voudrois le cacher.

AGATHE.

Eh ! pourquoi te le reprocher ?
Tu me fais rire.

Air : *Sans deſſus deſſous.*

Mais d'où nous vient ce beau garçon ?

LISETTE.

On n'en ſait rien dans ce canton.

AGATHE.

Il mettra tous nos cœurs, ma chere ,
Sans deſſus deſſous , ſans devant derriere ,
Et l'eſprit de tous nos époux
Sans devant derriere , ſans deſſus deſſous.

Air : *Je reviendrai demain au ſoir.*

(*A part.*) Moi ſeule je veux l'engager.

LISETTE.

Ah ! l'aimable Berger !   (*bis.*)
Il faut l'arrêter parmi nous.

AGATHE.

Je penſe comme vous.   (*bis.*)

LISETTE.

Air : *Du Cordon bleu.*

A ma noce il doit venir ce ſoir.
Que j'aurai de plaiſir à ſa vûe ?
Si Lucas va s'en appercevoir ,
Chere Agathe , je ſerai perdue ;
Il auroit , ſoit dit entre nous ,
Dans la fantaiſie ,
Quelque jalouſie.

AGATHE.

Mais cela marque un tendre époux :
Peut-on bien aimer sans être un peu jaloux ?

LISETTE.

Air : *Fille qui voyage en France.*

Mais quand je ferai sa femme,
S'il étoit de cette humeur,
Et que l'amour dans son ame
Fît place à quelque froideur ;
La belle avance !

AGATHE.

Ah ! ah !
        J'admire, mon petit cœur,
        Ta prévoyance.

Air : *Quand la Bergere vient des champs.*
        Tantôt Lucas étoit l'amant
        Le plus charmant.
        On l'aimoit tant !
    A présent, cet amant chéri
        N'est qu'un maussade,
        Qui paroit fade,
    Comme un mari.

LISETTE.

Air : *Ma mi' Babichon.*

Je ne sçais pourquoi,
D'engager ma foi
J' n'ai plus d'impatience.

AGATHE, *à part.*
A présent Guillot
Me paroit tout sot ;
Ah ! quelle différence !

LISETTE.

Air : *Robin, turelure.*

J'en ai trop dit, je le voi.
Adieu, mais, je vous conjure,
Gardez, pour l'amour de moi....

AGATHE.

Turelure.

LISETTE.

Le secret.

AGATHE.

Je t'en assure;
Robin, turelure, lure.

SCENE VI.

AGATHE, *seule.*

Air : *Nous autres bons Villageois.*

Bon ; je vois venir Lucas.
J'augure bien de l'aventure.
Allons, ne lui cachons pas
Les sentimens de sa Future.
Par-là, je puis me ménager
Le cœur de ce jeune Étranger.
Lisette l'entend bien ; ma foi,
En amour chacun pour soi.

SCENE VII.

AGATHE, LUCAS.

AGATHE.

Air : *Tu croyois, en aimant Colette.*

TU croyois, en aimant Lisette,
Que tu n'aurois point de rival ;
Mon cher Lucas, l'affaire est faite ;
Mais ne vas pas le prendre mal.

LUCAS.

Air : *Eh ! qu'est-ç' que ça m'fait, &c.*
Quoi !

AGATHE.

Leur connoissance encor
N'est pas entierement faite.
Avant qu'ils prennent l'essor,
Tu peux épouser Lisette.
Eh ! qu'est-ç'que ça t'fait à toi ?
Faut-il que ça t'inquiette ?
Eh ! qu'est ç'que ça t'fait à toi ?
De l'Hymen subis la loi.

LUCAS.

Air : *Nanon dormoit.*

Que dis-tu-là ?

AGATHE.

Je veux être difcrette.
Sur tout cela,
Je dois être muette....

LUCAS.

Air : *Qui veut fe mette en ménage.*

A caufe du coufinage,
Tu dois m'inftruire des faits ;
Prêt à me mettre en ménage,
J'y dois regarder de près :
S'il étoit gens charitables
Pour plus d'un Epoux futur,
Pour le front des pauvres diables,
Coufine, il feroit plus sûr.

Air : *Pan, pan, pan.*

Va, va, je n'ébruiterai rien,
Je veux feulement pour fon bien
Gronder Lifette, & d'une gaule
De fon galant frotter l'épaule.

Pan, pan, pan,
Et dans l'inftant,
Vous la planter là.

AGATHE.

Doucement.

AGATHE.

LUCAS.

Air : *Branle de Metz, ou, dans le fond d'une Ecurie.*

Mais fçais-tu le nom , ma fille ,
De ce chien d'efcamoteur ?

AGATHE.

Non : mais fon air porte au cœur.
Que fa figure eft gentille !

LUCAS.

Morgué , fi je le tenois ,
Comme je l'étrille , je l'étrille ,
Morgué , fi je le tenois ,
Comme je l'étrillerois !

B

AGATHE.

Air : *Com' v'là qu'est fait !*

Quand tu le verras, je le gage,
Cousin, tu lui pardonneras.
Il est si galant !

LUCAS.

Ah ! j'enrage :
C'est ce qui fait mon embarras ;
S'il courtise encore Lisette,
Il aura bientôt son paquet.

AGATHE.

Le voici : sa taille est parfaite.

LUCAS.

Qui donc ? Ce petit farluquet !
Com' v'là qu'est fait !   (*bis.*)

SCENE VIII.

LUCAS, L'AMOUR.

Air : *Je suis un bon Soldat.*

Bon jour, Lucas ; l'ami,
Me voici.

LUCAS, *à part.*

Morgué, ce petit drôle

Eſt bien, de ſon métier,
Familier !
Allons chercher ma gaule.

L'AMOUR.

Air : *Amis, ſans regretter Paris.*

Tu fais donc la nôce aujourd'hui ?

LUCAS.

Qu'en avez-vous affaire ?

L'AMOUR.

Tu parois avoir du ſouci.

LUCAS.

Vous, vous n'en avez guere.

L'AMOUR.

Air : *Ricandaine.*

De cette nôce, mon mignon,
O ricandaine, ô ricandon,
Je veux être premier garçon.

LUCAS.

Tout frane, Monſieur,
J'ſommes bian vot' ſarviteur :
J'nous paſſerons bian d'cet honneur,
Ricandaine.
Il faut nous être bon ici.

L'AMOUR.

Vraiment, j'y ferai bon auſſi ;
Car je vous y ſervirai,

O ricandaine ;
Et vous m'en fçaurez gré,
O ricandé.

LUCAS.

Air : *Mais c'eſt pour accomplir la loi.*

Perſonne ici ne vous connoît.

L'AMOUR.

D'accord ; mais je te le répete,
Je m'y rends pour ton intérêt.

LUCAS.

Vous croyez parler à Liſette :
Tenez, l'on vous dit : laiſſez-nous.

L'AMOUR.

Ne vas pas te mettre en courroux.
Comment donc Lucas eſt jaloux !

LUCAS.

Qu'en voulez-vous, qu'en voulez-vous, qu'en voulez-vous dire ?

L'AMOUR.

Je ne veux qu'en rire :
Comment donc ! Lucas eſt jaloux !

LUCAS.

J'en voulons tout ſeul être l'époux.

L'AMOUR.

Air : *Vivons pour ces fillettes.*

J'ai pour toi beaucoup d'amitié.

LUCAS.

C'eſt pour Liſette, jarnigué !
Il veut l'épouſer demoiqué.
Queu Lutin le poſſede !
Je n'ons pas beſoin d'aide,
Morgué,
Je n'ons pas beſoin d'aide.

L'AMOUR.

Air : *Des fraiſes.*

Je veux ſerrer ton lien :
Mes plaiſirs ſont les vôtres.

LUCAS.

Morgué, n'ſerrez toujours rien.

L'AMOUR.

Mais, Lucas, c'eſt pour ton bien.

LUCAS.

A d'autres, à d'autres, à d'autres.

Air : *Cher Amant, tu m'abandonnes.*

En voulant de mon ménage
Vous approprier les droits,
Vous prenez Lucas, je gage,
Pour un commode Bourgeois.

L'AMOUR.

Air : *L'occaſion fait le larron.*

Juſqu'au revoir, Lucas ; je te le jure,
Sans moi ta nôce ne ſe fera pas.
Et qui plus eſt, c'eſt que de l'aventure,
L'ami, tu me remercieras.

SCENE IX.
LUCAS, *seul.*

Air : *On en est quitte pour la peur.*

C'EST queuque forcier , fans doute :
Par ma foi , je n'y voyons goute.
Charchons Lifette ; alle a bon cœur.
Juftement , j'la vois paroître :
Raffurons-nous ; bon : peut-être ,
J'en ferons quitte pour la peur.

SCENE X.
LISETTE , LUCAS.
LISETTE.

Air : *Il faut l'envoyer à l'école.*

QU'AS tu , Lucas ?

LUCAS.

    De l'embarras.
Mam'felle Lifette , au contraire ,
  N'en a guère.
Vous la baillez belle à Lucas !

Je favons comme on vous cageole ;
Vous n'avez plus befoin, dit-on,
   De leçon ;
Vous avez trouvé bonne école.

L I S E T T E.

Air : *Pour le mariage , bon.*

Seriez-vous , Monfieur Lucas ,
Sujet à la jaloufie ?

L U C A S.

Par la morguienne !

L I S E T T E.

      En ce cas ,
Dites-le moi , je vous prie :
Là-deffus dans le moment
Je fais mon arrangement.

L U C A S.

Air : *Pour paffer doucement la vie.*
Ouf.

L I S E T T E.

   Tu parois tout hors d'haleine !
Eh ! pourquoi de la forte agir ?
Qu'eft-ce qui te fait de la peine ?

L U C A S.

Ç'eft ce qui te fait du plaifir.

Air : *Les Trembleurs.*

Je fuis ravi de connoître
Ce petit cœur double & traître.

LISETTE.

Quel jaloux ! devez-vous l'être ?

LUCAS.

Voyez son air doucereux !
J'avons tout appris d'Agathe.

LISETTE, *à part.*

Agathe a jafé ; l'ingrate !
Ah ! fa trahifon éclate ;
Je m'en excuferai mieux.

Air : *L'autre nuit j'apperçûs en fonge.*
(haut.)

Pour déguifer votre inconftance,
Vous feignez donc d'être jaloux !
J'ai lieu de me plaindre de vous,
Et c'eft trop garder le filence :
Agathe eft l'objet de vos feux ;
Et vous me trompez tous les deux,

LUCAS.

Air : *Branle de Metz.*
Fort bien.

LISETTE.

Vous cherchez querelle
Afin de rompre avec moi !
Je dégage auffi ma foi.

LUCAS.

Ah ! quelle adroite fumelle !

LISETTE.

Le changement eft permis ;
Quitte à quitte , & bons amis.

Air : Cottillon couleur de Rose.

Agathe a sur moi le dessus ;
Pour votre femme allez la prendre.

LUCAS.

Mais …

LISETTE.

Ce sont discours superflus.

LUCAS.

Encor ….

LISETTE.

C'est en vain se défendre.

LUCAS.

Pourtant.

LISETTE.

Ne me revoyez plus.

LUCAS.

Un mot ….

LISETTE.

Je ne veux rien entendre.

LUCAS.

Courons après elle au plûtôt ;
Que je suis un grand nigaud !

SCENE XI.

LE BAILLI, GUILLOT, LUCAS.

LUCAS.

Air : *Ah ! Venez-y toutes.*

Amis, qù'on se démene ;
Faut sonner le tocsin ,
Tiquetin.
Que chacun de nous prenne
A la main
Un gourdin ,
Tique , tique , tiquetin ,
Allons vîte , pêle-mêle ;
Faut tomber tretous comme grêle
Sur cet aigrefin.

LE BAILLI.   GUILLOT.

LUCAS.

Sarpegué, tatigué! palfangué, jarnigué, morgué.

(Il s'en va.)

LE BAILLI, fur le ton du dernier vers.
Je fçais fon embarras.

SCENE XII.

LE BAILLI, GUILLOT,

GUILLOT.

LE BAILLI.

Air : *Baise-moi donc, me disoit Blaise.*

Guillot, je ne prends point d'ombrage ;
Ma femme & moi nous faisons bon ménage ;
Si j'étois jaloux, j'aurois tort.

GUILLOT.

On le voit bien à ce langage ;
Vous n'êtes, Monsieur l'esprit fort ;
Qu'un petit Juge de Village.

LE BAILLI.

Air : *Sont les Garçons du Port au Bled.*

Mais le drôle s'avance ici.

GUILLOT.

Agathe encore est avec lui !

LE BAILLI.

Nous verrons beau jeu tout à l'heure.

GUILLOT,

Je vais....

LE BAILLI.

Non : cachons-nous , demeure.

Air : *Nous sommes Précepteurs.*

Obſervons tout
De bout , en bout ;
Ne jugeons pas à l'aventure.
Voyons juſqu'où cela
Ira :
Du fait il faut que l'on s'aſſure.

SCENE XIII.

L'AMOUR , AGATHE, LE BAILLI, & GUILLOT, *dans le fond du Théâtre.*

L'AMOUR.

Air : *Oui , vous en feriez la folie.*

OUi , Bergere , je vous adore;
Que votre cœur
Du mien faſſe donc le bonheur.
L'Amour
Veut du retour.

AGATHE.

Je crains ſes coups;

L'AMOUR.

Quand il bleffe pour vous,
Ah! qu'ils font doux!

AGATHE.

Vous m'aimez!

L'AMOUR.

Je vous adore.
Que votre cœur
Du mien faffe donc le bonheur.

AGATHE.

Air : *Cher Amant, tu m'abandonnes.*

Suis-je la feule Bergere,
Qui vous charme en ce féjour?
Lifette aura fçû vous plaire,
Je voudrois tout votre amour.

L'AMOUR.

en- fin pour vous voir.

AGATHE, *à part.*

Air : *A ma Voisine.*

Que son langage est tendre & doux !

L'AMOUR.

Certain desir me presse ;
Sur cette main.,...

AGATHE.

Y pensez-vous ?

L'AMOUR, *baisant la main d'Agathe.*

J'expire de tendresse.

GUILLOT, *à part.*

Tu vas expirer sous mes coups,
Ah ! la traîtresse !

(*Il veut courir sur l'Amour ; le
Bailli le retient.*)

LE BAILLI.

Air : *Belle brune que j'adore.*

Patience,　　　(*bis.*)
Tout cela n'est rien.

GUILLOT.

Fort bien :
Pendant ce tems il avance.

LE BAILLI.

Patience.　　(*bis.*)

Air : *Un certain je ne sçais quoi, &c.*

Dans ce buisson tenez-vous coi.

A G A T H E , *à l'Amour.*

Votre amour m'intéresse ;
Non, malgré toute sa tendresse ;
Guillot n'a jamais fait en moi
Parler ce certain je n'sçais qu'est-ce ;
Parler ce certain je ne sçais quoi.

G U I L L O T.

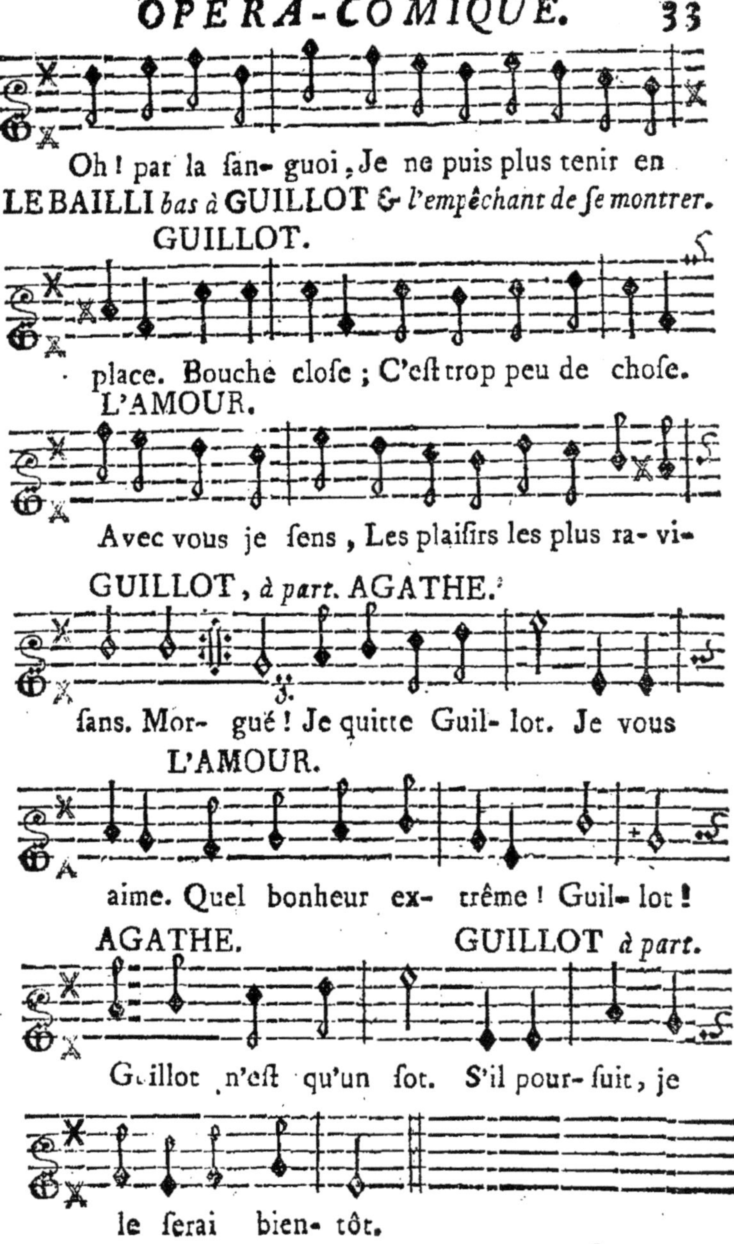

Oh ! par la fan- guoi , Je ne puis plus tenir en
LE BAILLI bas à GUILLOT & l'empêchant de se montrer.
GUILLOT.
place. Bouché close ; C'est trop peu de chose.
L'AMOUR.
Avec vous je sens , Les plaisirs les plus ra- vi-
GUILLOT, à part. AGATHE.
sans. Mor- gué ! Je quitte Guil- lot. Je vous
L'AMOUR.
aime. Quel bonheur ex- trême ! Guil- lot !
AGATHE. GUILLOT à part.
Guillot n'est qu'un sot. S'il pour- suit, je
le ferai bien- tôt.

C

L'AMOUR.

Air : *M. le Prevôt des Marchands.*
Mais quelqu'un vient, quel contre-temps !

AGATHE.

C'eſt la Baillive que j'entends !
Aimable Berger , je vous prie,
Défaites vous-en promptement.

L'AMOUR.

Eloignez-vous ma chere amie',
Je vous rejoins dans un moment.

LE BAILLI.

Air : *Quand je regarde Margoton.*
Ah ! Quel échec pour ton amour !

GUILLOT.

Riez , riez , j'enrage ;
Mais t'nez v'la qu'il fait la cour
A vot' femme je gage.
Je rirons à notre tour ;
Cachez-vous.

LE BAILLI.

Ma femme eſt ſage.

SCENE XIV.

LA BAILLIVE, L'AMOUR; GUILLOT & LE BAILLI
dans le fond du Théâtre.

L'AMOUR.

Air : *O reguingué, &c.*

MADAME la Baillive, ici !
Vous cherchez Monsieur le Bailli ?

LA BAILLIVE.

Bon ! Est-ce qu'on cherche un mari ?

L'AMOUR.

Pardonnez. . . .

LA BAILLIVE.

Quoique du Village,
Du monde nous sçavons l'usage.

Air : *Allons la voir à S. Cloud.*

Je sortois pour oublier
Sa triste & sotte figure.

LE BAILLI, *à part.*

Le début est singulier !

GUILLOT, *bas au Bailli.*

N'jugeons pas à l'aventure.

L'AMOUR.

Si j'étois cet heureux époux.…

LA BAILLIVE.

Charmant Berger, que dites-vous?

L'AMOUR.

Vous me verriez, Madame,
Toujours vous prouver ma flamme.

LA BAILLIVE, *surprise?*

Air : *Ne m'entendez-vous pas.*

Vous m'aimeriez !

L'AMOUR.

Hélas !
Mon trouble me décele.
Que je vous trouve belle !
Que j'apperçois d'appas !

LA BAILLIVE.

Oui, mais n'y touchez pas.

LE BAILLI, *à part.*

Air : *Quel dommage, Martin !*

Fort bien.

LA BAILLIVE.

Ce langage
Me paroît bien doux ;
Mais le sort m'engage
Avec un époux.

L'AMOUR.

Ah ! ah ! ah ! quel dommage !

LA BAILLIVE.

Je n'ose y songer,
  Berger ;
Berger , quel dommage !

L'AMOUR.

Air : *Mariez , mariez , mariez-moi.*

D'une charmante Beauté
Vous me retracez l'Image ;
Mon cœur en fut enchanté :
Voilà ses traits & son âge.

LA BAILLIVE.

Contez-moi , contez-moi , contez-moi ça.

L'AMOUR.

Comme vous elle étoit sage.

LA BAILLIVE.

Contez-moi , contez-moi , contez-moi ça :
Votre amour l'apprivoisa.

L'AMOUR.

Air : *au bord d'un ruisseau je file , ou , j'étois
dans mon lit tranquille.*

Quand je la trouvois seulette ,
Je. . . .

LA BAILLIVE.

Que faisiez-vous ?

L'AMOUR.

J'approchois d'un air doux ;
Et plein d'un ardeur parfaite ,
Je me jettois à ses genoux.

GUILLOT, *bas au Bailli, & le retenant.*

Air : *Belle Brune, ou, Dame Charlotte.*

Patience. [*bis.*]

L'AMOUR.

Suite de l'air : Au bord d'un ruisseau.

De ma main je prenois la sienne.

LA BAILLIVE, *à part.*

Le fripon prend aussi la mienne.

L'AMOUR.

Et puis, je la baisois ainsi.

LA BAILLIVE.

Mais, vous baisez la mienne aussi.

L'AMOUR, *voulant embrasser la Baillive.*

Et puis devenu plus hardi.'....

LA BAILLIVE, *le repoussant doucement.*

Arrêtez, petit étourdi ;

Car.... mon cœur en est attendri.

LE BAILLI, *sur le ton du dernier vers.*

Ah ! ah ! mon honneur est trahi.

GUILLOT, *bas au Bailli.*

Suite de l'air : Belle brune.

Voyons jusqu'où ça

Ira.

LE BAILLI.

Oh ! j'en veux tirer vengeance.

Patience. (*bis.*)

L'AMOUR.

LA BAILLIVE:

Air : *A l'ombre de ce verd boccage.*
Mon époux eft d'un certain âge.
GUILLOT, *au Bailli.*
Vous allez être enfeveli.
LA BAILLIVE.
Je compte fur un prompt veuvage.
L'AMOUR.
Vous oublieriez donc le Bailli ?
LA BAILLIVE.
Hélas ! vous fçavez fi bien plaire,
Qu'on oublieroit, mon cher enfant,
Le meilleur mari de la terre,
Pour vous, même de fon vivant.

Ciij

L'AMOUR.

v'là,   Morgué l'y   v'là.
LE BAILLI, *saisissant sa femme.*
Air : *Tout roule aujourd'hui dans le monde.*
Ah ! ah ! je vous y prends, Madame.
LE BAILLI & GUILLOT, *saisissant l'Amour.*
Fripon, vous n'échapperez pas.

SCENE XV. *& derniere.*

AGATHE , LISETTE , LUCAS ,
& les Acteurs précédens.

AGATHE, *accourant , se mettant entre Guillot*
& l'Amour.

Tout doux, je veux être sa femme,

LISETTE , *accourant d'un autre côté , & se mettant*
entre l'Amour & le Bailli.

Que vois-je ici ? que de fracas !
Laissez-là ce Berger, oh! dame,
J'ai, pour lui, renvoyé Lucas.

LUCAS , *accourant avec une faux.*

Qu'on le tienne bien , sur mon ame ;
Je vais jetter sa tête à bas.

L'AMOUR.

Air : *Aimons , aimons-nous.*

Tout doux,
Calmez-vous.

LUCAS.

Il arrête mon courroux !
Air : *Le tout par nature.*
C'est un fripon d'enchanteux.

GUILLOT.
Voyez-vous son air gofſeux ?

LA BAILLIVE.
Il charme tout d'un regard.

LUCAS.
Palſangué , je parie
Qu'il a ſur lui , quelque part ,
De la ſorcellerie.

GUILLOT.
Air : *De néceſſité néceſſitante.*
Toutes les fumelles du Village
Sont dupes de ce petit volage.

LA BAILLIVE & LISETTE.
Quoi ! c'eſt un trompeur !

AGATHE, *à part.*
Il m'abandonne !

LISETTE, *à Lucas , tendrement.*
Ah ! Lucas !

AGATHE, *à Guillot , tendrement.*
Guillot !

LISETTE, *à Lucas.*
Je te pardonne.

LE BAILLI.

L'AMOUR.

ys; mon nom Est connu de toute la terre, Et
vous me devez, vieux bar- bon, Le plaisir d'a-
voir été pe-   re.
C'Est trop jou-ir de vos al-   larmes, Amis;
re- connoif-fez l'Amour; N'éprou-vez plus
que fes charmes, Aimez   fans dé- tour:
Pour mieux ferrer vo-   tre chaî- ne,

Air : *On ne peut tromper l'Amour.*

Je veux regner à jamais fur leur ame :
N'en craignez rien amans , époux.
Leurs tendres cœurs brûlent pour vous ,
Quand pour moi , d'un feu fi doux ,
Je les enflamme.
En vous payant d'un jufte retour ,
N'eft-ce pas chérir l'Amour ?

LA BAILLIVE, *au Bailli.*

Air : *Je fuis un bon Jardinier.*

C'eft pour vous qu'il m'enflammoit :
Tout mon feu fe rallumoit.

LE BAILLI, *à la Baillive.*

Je t'en aime mieux ,
Je m'en fens moins vieux.

GUILLOT.

Mon ame eft guillerette.

LUCAS.

Et moi je sens redoubler là
Mon ardeur pour Lisette,
Lon, la,
Mon ardeur pour Lisette.

AGATHE.

LA BAILLIVE.

LISETTE.

L'AMOUR.

mais j'y fi- xe ma cour. A vos Belles ren-
dez hom-mage ; Heureux Ber- gers, C'eſt cé-
lé- brer l'A- mour.

VAUDEVILLE.

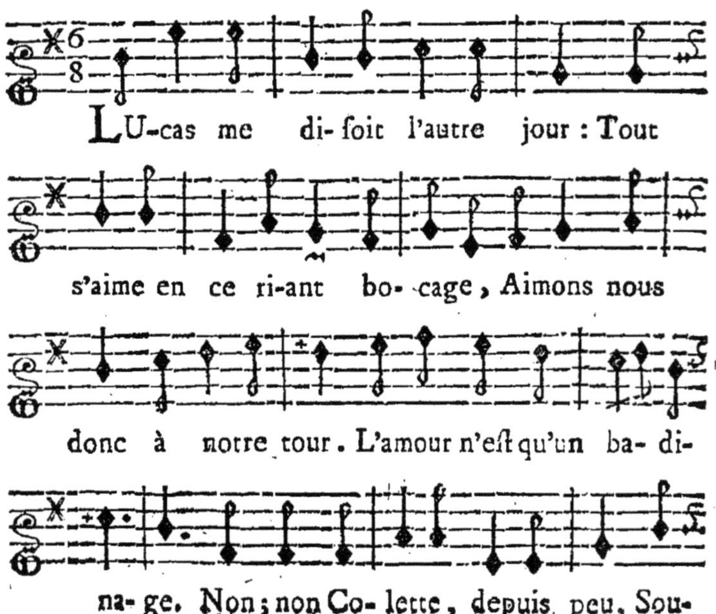
LU-cas me di- ſoit l'autre jour : Tout
s'aime en ce ri-ant bo- cage, Aimons nous
donc à notre tour. L'amour n'eſt qu'un ba- di-
na- ge. Non; non Co- lette, depuis peu, Sou-

Le cœur ne ressent, à la cour,
Qu'une ardeur tranquille & volage ;
On s'aime, on s'oublie en un jour :
L'amour n'est qu'un badinage ;
Mais au Village, c'est un feu
Qui gagne toujours, qui dévore :
On s'aime ; il faut s'aimer encore ;
L'amour n'est pas un jeu.

Quand j'ons bian pris de ce doux jus ;
J'aimons Lisette davantage :
Dam', c'est bras dessous, bras dessus ;
L'amour n'est qu'un badinage :
Mais palsangué, j'en fais l'aveu,
Quand je n'ons bû que de l'iau claire,
Lisette a biau dire, & biau faire ;
L'amour n'est pas un jeu.

Ma mere dit que tout amant
Est dangereux ; c'est bien dommage.
Va, me dit Guillot, elle ment.
L'amour n'est qu'un badinage.
Sur l'herbe asseyons nous un peu ;
Je veux te le faire connoître :

Mais il m'y fit bien voir, le traître !
Qu'amour n'eſt pas un jeu.

❁

Iris, avec un ſeul pompon,
Embellit ſon jeune viſage ;
La toilette, pour ce tendron,
  N'eſt qu'un ſimple badinage :
Mais pour Aminte, qui dans peu
Aura ſa trentaine complette,
Je reponds bien que la toilette
  Ne ſera pas un jeu.

❁

Tant qu'avec ſa femme un mari
Fournit aux frais du mariage,
On le mitonne, il eſt chéri ;
  L'hymen n'eſt qu'un badinage :
Mais laiſſe-t-il mourir ſon feu,
Les ſoupçons troublent le ménage :
On gronde, on crie, on fait tapage ;
  L'hymen n'eſt pas un jeu.

❁

Maman rit de mes rendez-vous
Avec des garçons de mon age,
Et croit bonnement que pour nous,
  L'amour n'eſt qu'un badinage :
Mais j'ai mes douze ans depuis peu,
Si je laiſſe faire Liſandre,
Maman pourra bientôt apprendre
  Qu'amour n'eſt plus un jeu.

F I N.

Le Privilége général de toutes les Œuvres de M. Favart a été accordé le 27 Avril 1759, & a été enregiſtré le 16 Mai ſuivant à la Chambre Royale & Syndicale des Libraires & Imprimeurs de Paris, N°. 523. fol. 356.